Oh my day.

made in PENNY.

寫+畫+拍
+想+說...
的　戴佩妮

一个人的日子，一个人的生活，在分针与秒针律动的瞬间，偶而有挥之不去的落寞和烦恼。字里行间，尽是点点滴滴的情绪。但在没有纷扰的空间里，随着思维的牵动，小小点点的人生琐事可有一些小小的领悟，三言两语的呢喃，倒也足够让人迴嚼玩味。

思绪游走理性与感性之间，任诸文字，尽是赤裸裸的剖白，而不经意的随性在生活点滴的记录中也处处可寻。此外，书中的帧帧图片不仅是视野的捕捉，它还是心情的写照。

戴文杰 高秀

2006.9.10

老爸说……

Oh my
PENNY

Oh my day!!!

我不想出門，我不敢出門，我不哈出門……也不必出門
在這二十幾坪的面積裡，沒有一樣東西是多餘的，
除了……
你對我的好奇與假設性
想什麼呢 ? 都想什麼呢 ? 你都想什麼呢 ? 想你都想什麼呢 ?
牛奶又被喝完了……
完了！又是沒有一種情緒是持續穩定的
勞碌命的過動兒沒有辦法就只攤在那裡
做什麼呢 ? 都做什麼呢 ? 我都做什麼呢 ? 做我都做什麼呢 ?
做一個別人覺得無聊生活裡不錯精采的阿妮 !

備注：
請不要用多餘的時間來看我，因為我不是多餘的 .
請用多餘的時間來了解我，如果你覺得我是多餘的 .

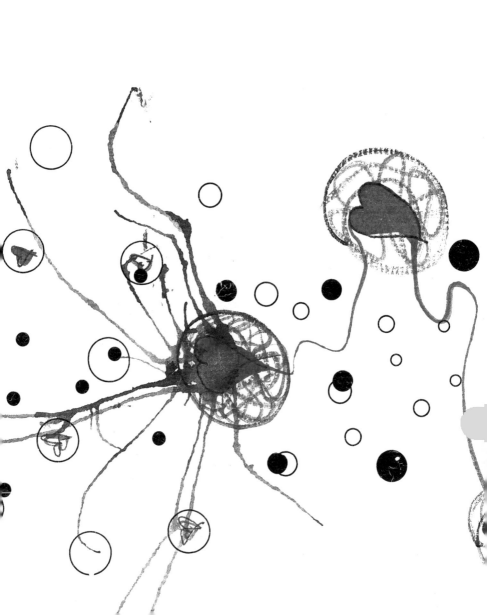

糟了!!!

我睜開了眼睛，我知道已經天亮了，

可是我有睡足7小時嗎？

看了看身邊電話的時鐘，

數了數手指頭，em...應該再賴一下，

開始翻來覆去⋯⋯

7:08 am

London

L.A.

Malaysia

San francisco

Taipei ???

Breakfast

還是做了早起的鳥兒，
這3年每天起床後的第一件事是不刷牙，
然後到廚房準備我一天的開始。

我愛吃早餐，
所以不管我人在那裡，工作還是旅行，
我都很在乎這件常被人們忽略的事，
也許是因為他讓我找到了難得寫意的自己，
讓我覺得我有屬於自己的空間，
所以我不會錯過幸福早餐的飽足感⋯⋯
就讓我為大家介紹這就是我唯一吃超過6分鐘的Mr.早餐！

Sin Ti "isn't she lovely"

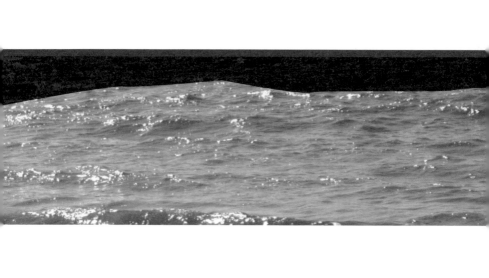

8:50 am

突然好想開著車到海邊，然後沿路就一直重覆播著Donavon Frankenreiter的歌，還要打開窗讓風悶悶吹……

光想就很自由了，雖然我是坐在電腦前，打開了房間的窗同樣听著Donavon Frankenreiter的歌……

Donavon

8:50 am

iMac

+

iMovie

+

iTunes

+

iPod

iPenny

9:27 am

我曾經不喜歡電腦；只要是我用的電腦都會有問題。搞不懂！連電腦老師也搞不懂，所以很怕上電腦課，我的電腦作業幾乎都是抄來的，所以最會用的就是 copy n paste哈！

but now...我已經習慣了電腦，習慣了它老欺負我鈍，習慣了它裝傻陪我耗，習慣了它每天讓我想，感覺像一對死對頭的男女，雖然打死不相好，但在長時間被迫相處的後天安排之下，也注定了如戲劇般的常理……日久生情哈哈！

它……反影了我的生活，反影了我的想法，反影了我的過去先在和未來！它……反影了你！

請問我可以看一下你的電腦嗎?哈哈哈!!!

Alternative. Blues. Classical. Country. Electronic. Flok. Hip hop. Jazz. Latin. Pop. R & B. Soul. Reggae. Rock. World.

A-J playlist

penny's favorite

A
A Girl Called Eddy
Ace
Adam Masterson
Aerosmith
Aimee Mann
Alana Davis
Alanis Morissette
Alex Parks
Amos Lee
Ane Brun
Anggun
Ani DiFranco
Annie Lennox
Anouk
Aqualung
Art Of Fighting
Avril Lavigne

B
B'z
Babyface
Basement Jaxx
The Beatles
The Bee Gees
Ben Charest
Ben Folds
Ben Harper
Beth Hart
Beth Hirsch
Beth Nielsen Chapman
Beth Orton
Beverly Craven
Bic Runga
Big Mama
Billie Myers
Bireli Lagrene
Black Eyed Peas
Bliss
Blonde Redhead
Brian McKnight Bob Schneider
Bobby Chen.
Boyz 2 men
Bread
Brenda Weiler

C
Camille
The Cardigans
Carpenters
Catatonia
Chie
Chocolate Genius
Clannad
Coldplay
Collin Raye
The Cooltrane Quartet
Corrinne May
Craig David
Creed

D
Damien Jurado
Damien Rice
daniel powter
David Baerwald
David Huang
David Munyon
de lucia, di miola, Mclaughlin
Death Cab For Cutie
Des'ree
Devics
Disturbed
Dave Matthews Band
Don McLean
Don Ross
Donavon Frankenreiter

E
Eagles
Eason Chan
Ed Harcourt
Edie Brickell & The New Bohemians
Edson
Edwin McCain
Elefant
Emiliana Torrini
Erykah Badu
Eurythmics
Everything But The Girl
Extreme

F
The Faraway Places
Fastball
Finger Eleven
Finn
Fiona Apple
Five For Fighting
Folk Implosion
Fort Minor
Four Play
Four Of A Kind
Free Beer And Chicken
Frente!

G
G-Love
Gavin DeGraw
Glenn Fredly
Grandaddy
Greg Lyons
Gwen Stefani

H
heather headley
Heather Nova
Herbie Hancock
The High Llamas
Holly Palmer

I
I'm Not A Gun
Incubus
India Arie
The Innocence Mission
Iron & Wine

J
Jack Johnson
James Blunt
Jamie Cullum
Jamiroquai
Jane Monheit
Jars Of Clay
Jason Mraz
JC
Jeff Beck
Jem
Jewel
Joe Pass
John Legend
John Mayer
John Powell
Johnathan Rice
Jonatha Brooke
Joni Mitchell
Josh Rouse
Joss Stone
Julia Fordham
Julie Doiron

K K / k.d. lang / Kami Lyle / KARYN WHITE / Kasey Chambers / Kathryn Williams / Keane / Keren Ann / Kid Rock / Kings Of Convenience / KOJI TAMAKI / kristian Leontiou / Kristofer Åström & Hidden Truck **L** Larry Carlton / Lauryn Hill / Leona Naess / Lighthouse Family / Lily Chou Chou / Lisa Loeb / Live / Louis Eliot / Luka Bloom **M** Macy Gray / Maggie / Mansun / Mariah Carey / Maroon 5 / Massive Attack / Mazzy Star / Melissa Etheridge / Meredith Brooks / Mew / MI / Michael Jackson / Michelle Malone / Michelle Shocked / Mirah / Missy Higgins / Mohram / Mondo Grosso / Mono / Mr. Big / The Music / My Little Lover **N** Nada Surf / Nancy Wilson / Natalie Merchant / Neil / Nell / Nelly Furtado / Nick Cave / Nick Drake / Nina Gordon / Nina Simone / Norah Jones / Norman Brown / Nostalgia 77 / Nouvelle Vague **O** Oasis **P** Paco de lucia / Pat Metheny Group / Patti Smith / Paul Weller / Paula Cole / Penny / The Perishers / Pete Huttlinger / Phoenix / Piano Magic / Pierre Bensusan / Pink / PJ Harvey / Poe / Prefab Sprout / Psapp **Q R** Rachael Yamagata / Raul Midon / Ray LaMontagne / Relish / Rickie Lee Jones / Robbie Williams / Robert Simon / Ron Sexsmith / Rooster / Rufus Wainwright / Ryan Adams **S** Sade / Sarah McLachlan / Scissor Sisters / Sej / Señor Coconut & His Orchestra / Sheryl Crow / SIA / Sidsel Endresen / Sin Ti / Sinéad O'Connor / Skin / Skunk Anansie / Slovo / Solex / Something For Kate / Sophie Zelmani / Stereophonics / Sting / Suzanne Vega **T** T-Square / Tamia / Teddy Geiger / Terence Trent D'Arby / Texas / The Thrills / Tica / TLC / Tommy Emmanuel / Tori Amos / Tosca / Tracy Bonham / Tracy Chapman / Tristan Prettyman / Tuck & Patti / Tuck Andress **U** U2 / The Ukulele Orchestra Of Great Britain / Urselle / Usher **V** Vertical Horizon / Victoria Williams / The Vines **W** The Wallflowers / The Woodlands Consort **X** **Y** Yeah Yeah Yeahs / Yo La Tengo **Z** Zebrahead

K-Z
playlist

rememberance

penny's favorite

想念窗外有藍天的13歲听Rick Price "Heaven Know"

想念指南針听陳昇的 "子夜二時,你在做什麼"

想念凌晨五點鐘微藍色的古來听黃大煒 "勸愛"

想念第一次出國去澳洲看他听Paula Cole "Nietzsche's Eyes"

想念六年前在香港的寂寞听Kami Lyle "The Grocery Song"

想念那年他來看我的煙火听Don Mclean "And I Love You So"

想念英國的灰色听Beth Orton "Feel To Believe"

想念曾經的醉生夢死听Creed "My Sacrifice"

想念那幾次的意亂情迷听Beth Hirsch "Come A Day"

想念那四年瘋狂的日子听Five For Fighting "Jainy"

想念剛認識的你听T-Square "Just Like A Women"

想念L .A高高的棕櫚樹听 Jonatha Brooke "Linger"

想念Crescent Hotel的早餐听Daimen Rice "The Blower's Daughter"

想念Santa Monica的陽光海岸線听Sin Ti "isn't she lovely"

想念你開著車時的側臉听Brian Mcknight "let me love u"

想念躺在你腳上的我听Corrinne May "Same Side Of The Moon"

想念愛承受的壓力听Sophie Zelmani "Precious Burden"

想念放開握緊的雙手听Ace "So Loved"

想念單身自由的日子听Jack Johnson "Inaudible Melodies"

想念在高速自己一人開著車的時候听Tracy Chapman "The Promise"

想念和吉隆坡相處的那三個星期听Bread "Baby I'm Want You"

想念在Tokyo小巷裡的寧靜听Mondo Grosso "Now You Know Better"

想念San Francisco的那一場雪听Iron & Wine "Fever Dream"

想念坐在陽台喝著睡前紅酒的自己听Anggun "naked sleep"

想念我的房間的黃燈泡听Rachel Yamagata "Would You Please"

想念琴鍵的敲打聲听Missy Higgins "They Weren't There"

想念曾四肢無力的自己听 Alanis Morissette "That I Wloud Be Good"

想念堅強的時候听 Ani Dfranco

想念重新相信愛情的那一刻听 Carpenter "Close To You"

想念的時候...想听想念的聲音...一種聲音的想念

想念我的時候你听什麼?

9:42 am

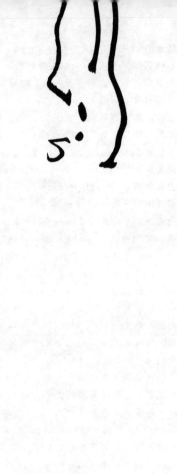

太熱了我要**煮** 薏仁湯來**解**身體的熱，大火給它**煮去**！！！

Precious Burden

開始練吉他……練著開始埋怨自己的手太小，
開始懷疑自己有沒有進步……
打開電腦想學一些新的彈法找了Jason.M的歌來練，
看著看著又被他吸引了，他的手總是那麼自由的在遊走，
他隨性總是那麼的理所當然。
想起今年3月見到他的那一次，我是多麼的憤怒我的羨慕，
簡單的T-shirt+牛仔褲和一把吉他就足以讓我屈服，
那一場表演結束後我明白了一件事，
我想我還不能只是穿T-shirt牛仔褲，
但我相信我可以做得到，我也許無法超越你，
但最起碼我要超越現在的自己……謝謝你這麼的好！
因為你的好讓我想要更好！

11:40 pm

終於來到我畫中的家……

終於把家畫了出來，終於有了一個家的感覺，我是地球上最後……ⅰⅰⅰ

……畫了個家一樣很快樂……

終於知道未來是渺茫，不可預見的……
因為沒有人知道環境，同情，憤怒會驅使我的身體走向何處，
也沒有人知道善與惡的可燃性程度有多少……
我只知道這一秒的我是有良知的我……
但下一秒的我會怎樣???
沒人知道……
因為
我只是一個希望得到上帝庇護
卻又用尼采的眼睛來看這個世界的我
我是一個極度想活在嬉皮年代的痞子
一個善良的痞子……

12:31 pm

皮肤毛孔凸起来、需要一些关怀

~~眼角眉梢~~ 泪水在眼睛内挣扎不许它出来.

請叫我"豬頭妮",
東西編到一半又聞到焦味…不會吧我的天…again!!!
但我是不會放棄的,原來我對薏仁也有一種堅持。
這一次要變通換用電鍋煮,
我的媽呀你可不要念我好嗎?

12:47 pm

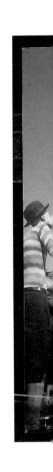

上網看新聞，為了證明不出門也能知天下事的真實度…… **1:09 pm**

地球公轉一圈到底需要多久時間？
根據百科全書記載大概要三百六十五天

乘搭到臺北到底需要多少時間？
根據我個人的經驗是一餐加兩部電影的消遣

一段堅固的愛情需要多少考驗？
根據我的愛情字典也許要一千一百次測驗

表達一句我愛你是不是需要什麼基本條件？
根據我個人的表現是每隔兩小時就說一遍

人總在有意識與無意識的態度裡犯下了某種罪
然而個人价值的差異控制了天秤上的錯与對
人的天賦是什麼？
原來是賤踏人的价值
所以教堂和神廟總是有很多人……
仿佛人人都有犯不完的錯，贖不完的罪……。
那對的又在那裡？又是什麼？
是承認有錯？不再錯？
還是無視錯？繼續錯？
誰曉得那個誰是不是和菩薩娘娘串通好的？

1:53 pm

在我家的後陽臺呆坐著，忽然鬧鐘聲響了…暗地裡羨慕睡著的人們。
早點睡是否就能把心事放下
我懷疑著……
也許現在只能夠祈求我睡得安穩
而煩惱是再也揮不去的夢

1

Corrinne May "Same Side Of The Moon"

34
6/9o
8/

dream
/droom
2:00 pm
/Traum

日有所思夜有所夢是真的！只是我懷疑那是我在夢？還是我還在思？
日無所思夜有所夢也是真的！
只是我懷疑那純粹是夢？還是夢要我思？

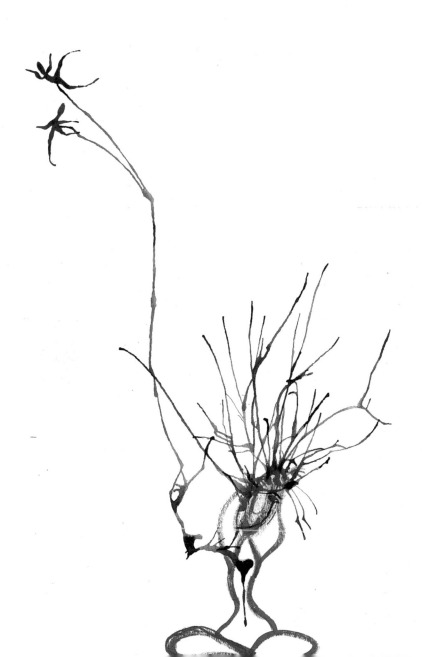

你是一種細菌，我腸胃消化不了的細菌……

我不覺得沒有永恆的愛情是荒謬的
而我卻仍然相信永恆的愛情
原來我是荒謬的!!!

2:41 pm

don't think too much about love....but how much is too much???   2:59 pm

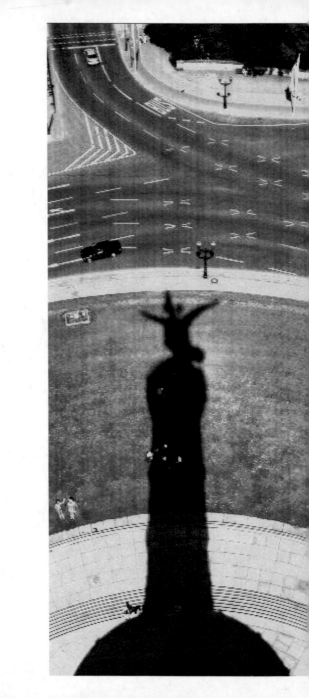

3:08 pm　原來我大部份的難過都躲在回憶裡……

回到那裡……
拚了命要自己不要去想過去
回到了那裡……
拚了命要勇敢的看看現在的自己
而那裡再也回不去
因為這裡只適合悼念已死的曾經

3:19 pm

愛情 對不起
我來晚了!
因為我聽不見鬧鐘的聲音
你一定覺得這是一個爛藉口
但這是事實
我無法對事實戒口
所以對不起 愛情
你可以走了!

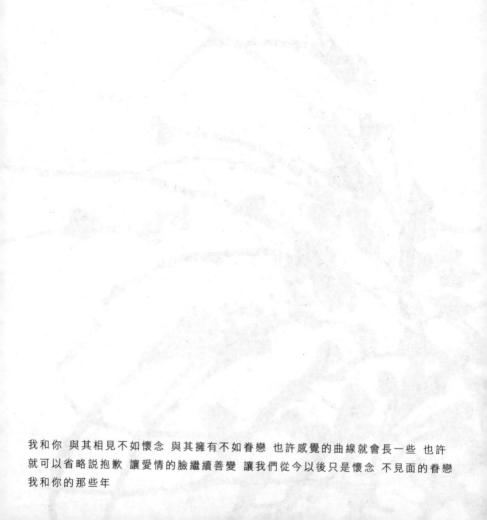

我和你 與其相見不如懷念 與其擁有不如眷戀 也許感覺的曲線就會長一些 也許
就可以省略說抱歉 讓愛情的臉繼續善變 讓我們從今以後只是懷念 不見面的眷戀
我和你的那些年

3:37 pm

要走的時候別說再見
因為那些再見都太久了
它會改變你
我不想看到你變了

4:09 pm

好想吃甜的……為蝦米？？？

甜

DESSERTS

brownies = a small square of rich cake, typically chocolate cake with nuts. **ice cream** = a soft frozen food made with sweetened and flavored milk fat. flavored with rum n raisin. a serving of this, typically in a bowl or a wafer cone or on a stick. **raisin** = a partially dried grape. **Meringue** = an item of sweet food made from a mixture of well-beaten egg whites and sugar, baked until crisp . Individual meringues are often filled with fruit or whipped cream. **gelato** = an Italian-style ice cream. **milk shake** = a cold drink made of milk, a sweet flavoring such as choco and typically ice cream, whisked until it is frothy. **green tea mousse** = a sweet or savory dish made as a smooth light mass with whipped cream and beaten egg white,flavored with green tea. **cheese** = a food made from the pressed curds of milk. **desserts** = the sweet course eaten at the end of a meal. **Stressed** = a state of mental or emotional strain or tension resulting from adverse or very demanding circumstances.

4:20 pm ／ 食物戀

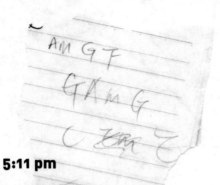

5:11 pm

有些東西你習慣了它就會變成是一種需要
習慣了讓自己休息是看10分鐘的dvd
習慣了讓自己清醒是彈30分鐘的琴
習慣了讓自己健康是要一輩子開心
習慣了讓自己這樣定時的提醒自己

5:24 pm

但丁神曲七大罪

阿妮凡曲七小惡

驕 傲

lucifer 露西法

阿妮凡曲七小雷三我有我渺小渺小的力量……我要我成就小夢想！

憤怒

satan 撒旦

阿妮凡曲七小惡＝我練我左右左右的踩踏……我要我累掉你的偏見！

leviathan 利未安森

阿妮凡曲七小惡＝我還我戀戀讚讚讚禮禮的裝匣……我要我比你你夢更多！

4

belphegor 巴力毗珥

7

阿妮凡曲七小惡＝我請我輕鬆輕鬆的歇息……我要我襯托你的好！

asmodeus　阿斯蒙帝斯

阿妮凡曲七小惡＝我陪我日夜日夜的享受……我要我的現實和劇情一樣精彩！

貪婪

mammon 瑪門

阿妮凡曲七小惡＝我將我不停不停的喝掉……我要我喝掉我的快樂與哀愁！

暴食

beelzebub 別西卜

阿妮凡曲七小惡＝我餵我更多更多的音樂……我要我為音樂撐死！

SE∕EN

5:55 pm 亂想的一堆出自我愛的電影"seven"給予的啟發!

6:12 pm

小瞄一下今天msn裡有沒有精彩的id，but我還是那個invisible women

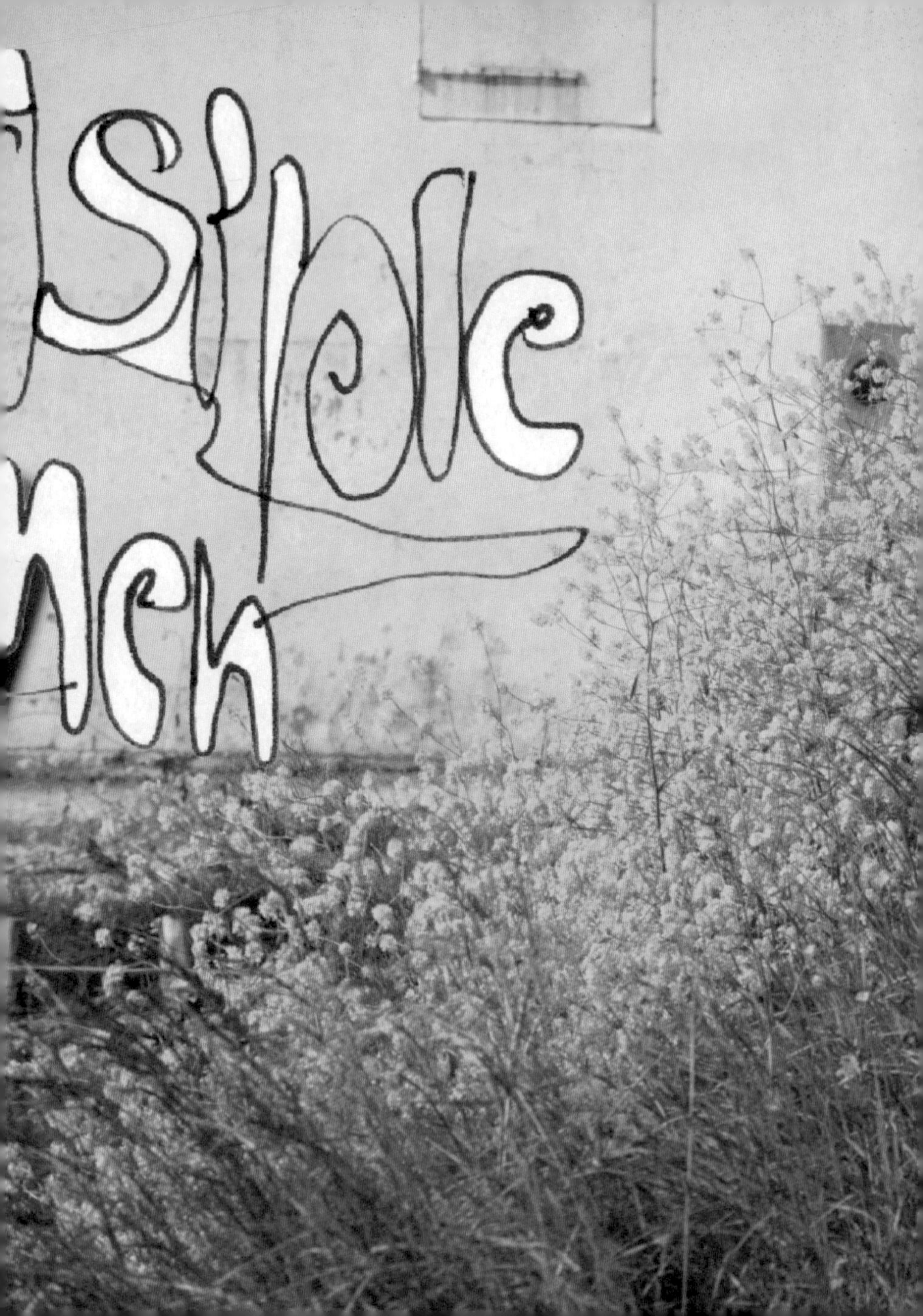

6:28 pm

太陽快休息了，我是否有錯過些什麼？就讓記憶中的你來填補吧！！！

6:31 pm 説服了自己在這一片海藍藍的光裡,捕捉我和你的縮影,映成一幕閃爍的風景,
隨風飄移,隨心而溺……

我餓了!
隨便吃一吃……那就一只rosted chicken,
反正醫生説我營養不良吃太多菜……

6:45 pm

7:12 pm

剛結束了一場大結局，我的生活有失去方向的可能性…

7:19 pm

女朋友又在為他做菜了，老婆又在為老公做菜了，媽媽又在為小朋友做菜了……

我雖然不知道今天的菜色是什麼，但對我而言都是幸福的味道……

不好意思偷聞了你們的幸福，雖然我早就吃飽了！

愛情的卡路里很高
但心再胖的也還是會想要吃到
那足以讓人一輩子品嚐的味道

7:35 pm

Beth Orton "Feel To Believe"

慣性病又來了……房子上上下下又大掃除了一番！
每次弄完之後感覺就像打完一場戰一樣，
but這場結束之後我想和平維持不了多久吧，
3天？4天？or明天就被我毀了？
原來這是一場長期戰爭，今天的乾淨只屬於今天的……
明天的入侵者有多厲害呢？

8:36 pm　　　我的行為已經超越了我的能力範圍
這就是我沉默的理由

如果我們不知道痛苦是什麼那該多好
這樣就不會一直想找尋更多的快樂……
給快樂的人啊……
如果你們找到了快樂就請你告訴我
至少讓我知道你生活的地方還有快樂
那悲傷它是什麼就暫時不去想它吧！

8:36 pm

香水的气味／依附著谁

8:37 pm

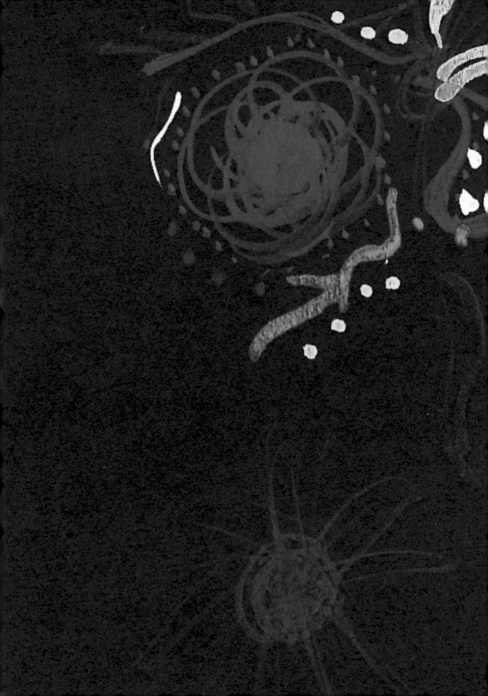

9:03 pm

寫了一封email給親愛的你
my dear friend...
i know you r just running on empty...... but why don't you
let go,move on with ur life? its not about what happened
in the past or what you think might happen in the future,
its all about the ride, there's no point in going through
all this crap if you don't enjoy the ride n you know
what? when you least expect it, something great might
comealong, something better than you even planed for
So why don't you let go ?
Move on n rock on!

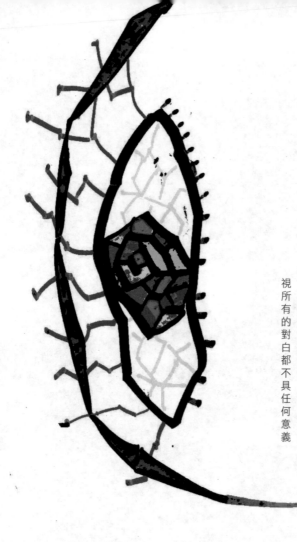

情感是經過一段複雜的產生而不是複製

別把自己困在一個不喜歡的角色裡

視所有的對白都不具任何意義

9:29 pm

may be we'r "giver"but we
still r taker's lover n be a
good keeper..n keep all the
small little love that   he
gave us! then we will
became a happy
"SURVIVOR"

so the answer is:
giver + taker = lover
lover + keeper = survivor!

9:47 pm

關不掉的行李箱
是酸澀的
是肥胖的
是凌亂的

關不掉的行李箱
是你送的

決定把我和你的過去折疊好
一件一件的塞進行李箱裡
可是行李太小......
於是我送了一個行李箱給我們的過去
從此......
關不掉的行李箱變了
從此......
關不掉的行李箱
沒有開過
因為我
把鑰匙吃了
而你
吃
掉
了
我

吃掉了過去......

10:01 pm

為什麼？
所有聲音都是一種噪音，一種象徵。
一種埋怨的聲音，一種離別的象徵。
為什麼我所製造的都是一種噪音？
為什麼你的愛都只是一種象徵。

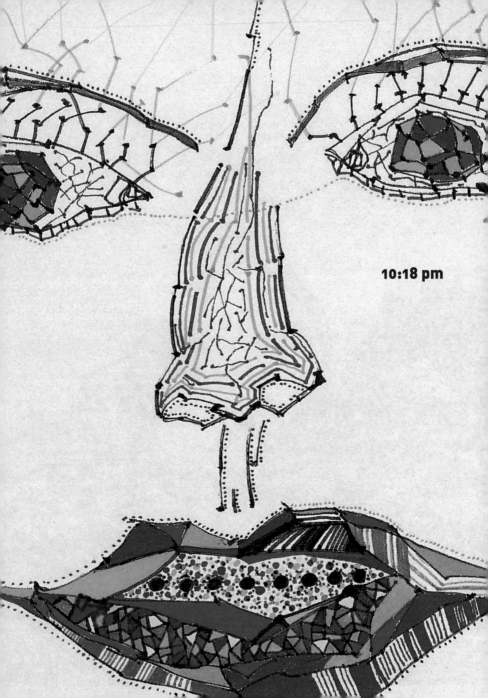

10:18 pm

staying...... or leaving?
不是因為我有很多離開你的理由
而是因為你還不知道我離不開你的理由是什麼
所以我留下

曾一度
覺得活著的過程是殘忍的......
結果總是讓人無從選擇的......
活著到底有多好？
其實能剛好　就好
Never be too smart n never be too stupid
Never be too rich n never be too poor
Never be too happy n never be too sad
It would'nt be the best
It would'nt be the worst
It would'nt be a matter
That's what I think
就讓剩下的時間隨性的過......
且......隨遇而安！

這一路會有多少個開始多少個結束
走過你就會知道
現在就説夠了？
還早！

10:56 pm

頭腦準備陷入無政府狀態……今天要開那一支？紅的還是白的呢？

請問我可以在洗澡的時候同時洗掉煩惱嗎？

11:12 pm

想到一個地方
一個人尋找寂寞的城市
然後睡著……
到夢裡面
一個人再繼續尋找寂寞的城市
就這樣無止盡的面對著每個人都會有的寂寞
就讓寂寞不寂寞
我是寂寞沸騰者

11:39 pm

11:39 pm

你幸福了沒？

勵志的書到底有多勵志？
我曾在覺得自己什麼都不是的時候K了幾次。
重點是在千篇一律的道海中
如果我沒有將自己設身處地的去投入思考的話
我想也只不過是眼睛多看幾行字而已
如果沒有曾經的那幾次
我想我還不曉得
勵志的書到底有多勵志？
現在
我開始懂了！
所以我不會再問"我幸福了嗎"
因為我已經在那年找到了一種叫作簡單的幸福
原來啊我可以因為吃了好吃的滷味而幸福
原來啊我可以因為听了一首demo而幸福
原來啊我可以因為想了偶像的一個微笑而幸福
原來啊我可以因為睡了一個難得的午覺而幸福
原來啊我可以因為忘了不愛我的他而幸福
原來啊這些你都知道對不？
只是你不要這樣的幸福對不？
你啊你總是把幸福的標準定得太難
誰說幸福一定要以誰誰誰作標準
我說就有山區的小孩因為第一次吃到了蛋
幸福的笑著哭了
這個就是我的標準
所以你不應該問我"你幸福嗎"
而應該是問"你今天幸福了沒？"

我一直相信一個人在他興趣上的成就會比他在事業上的成就來得大,
因為人總會把更多的心思,更多的專注,更多的熱誠放在他的興趣上.
所以我不喜歡有固定的工作,我只想隨性的創作.
創作就是我的興趣.但是...我要我的興趣也是我的事業,
而那分享上的認同也就成就了我的成就,
而這種成就...我很確定,是我要的!!!

12:15 pm

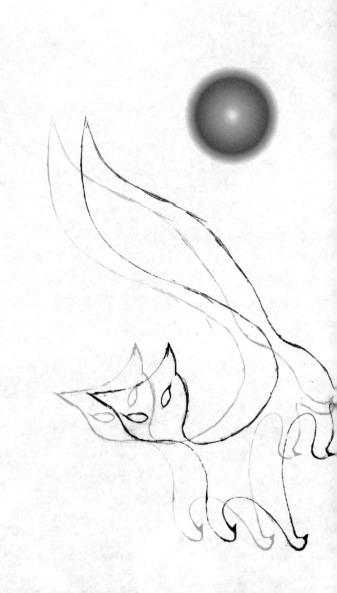

不行了再過10分鐘就要結束今天了……

沒有電話沒有快遞沒有出門沒有說話!!!我是怎麼了?

我平常是個愛自言自語,愛逗自己笑,愛發自己牢騷的人,

今天的我怪怪的!!!

於是我打給車隊叫車服務,在要確認的時候掛掉……就這樣我打了3次!!!

3個不同的上車地點,3段亂掰的對話,3個陌生的接線員……我總算說話了!!!

躺上床在閉上眼睛之前我問了問我自己,難道想找個人說話有那麼難嗎?

為什麼我心裡的話始終說不出去?

12:48 pm

12:55 pm

彈起來!!!我忘了我的薏仁還在受盡煎熬... oh my god what a day?

Oh my God!!!

不敢相信這就是我的第一本書!!!

沒有什麼驚懂的內容.

沒有什麼了不起的圖片

沒有什麼特別的企圖心

"沒有什麼"可評就是你最不了解我的原因.

我: 其實沒有你"以為"的那麼遙遠……

~~其實~~我也喜歡和人聊聊天

其實我也希望有人關懷

其實我也希望別人的疼愛.

我其實是那麼地地平凡的呼吸者,

如此一個人生活在家裡

因為你的閱讀而

感動著……

謝謝拍我的……Tandori.易桀齊.袁姊.中平哥.小余.阿山.小邵.

小a,kumoli,ivan 爸爸,乾女兒妮妮,百視達,嘉慶老師,joan,愛我和我愛的人…and you!!!

BC7012

Oh my day

導演.主角.插畫.攝影.文案／戴佩妮
監製／喜歡音樂有限公司
製作人／何宜珍
美術／R-ONE studio

天生黑眼必有用 ....

發行人／何飛鵬
法律顧問／台英國際商務法律事務所 羅明通律師
出版／商周出版城邦文化事業股份有限公司 台北市中山區民生東路二段141號9樓
電話：(02) 2500-7008 傳真：(02) 2500-7759 E-mail：bwp.service@cite.com.tw
發行／英屬蓋曼群島商家庭傳媒股份有限公司 城邦分公司 臺北市中山區民生東路二段141號2樓
讀者服務專線：0800-020-299 24小時傳真服務：02-2517-0999 讀者服務信箱E-mail：cs@cite.com.tw
劃撥帳號：19833503 戶名：英屬蓋曼群島商家庭傳媒股份有限公司城邦分公司
訂購服務／書虫股份有限公司客服專線：(02)2500-7718；2500-7719
服務時間：週一至週五上午09:30-12:00；下午13:30-17:00
24小時傳真專線：(02)2500-1990；2500-1991
劃撥帳號：19863813 戶名：書虫股份有限公司 E-mail：service@readingclub.com.tw
香港發行所／城邦(香港)出版集團有限公司 香港 灣仔 軒尼詩道235號3樓
電話：(852) 2508 6231或 2508 6217 傳真：(852) 2578 9337
馬新發行所／城邦(馬新)出版集團 Cite (M) Sdn. Bhd. (45837ZU)
11, Jalan 30D/146, Desa Tasik, Sungai Besi, 57000 Kuala Lumpur, Malaysia.
電話：603-90563833 傳真：603-90562833 E-mail: citekl@cite.com.tw

印刷／鴻霖印刷傳媒事業有限公司
總經銷／農學社
電話：(02) 2917-8022 傳真：(02) 2915-6275
政院新聞局北市業字第913號 2006年（民95）10月初版
定價280元 著作權所有，翻印必究
ISBN 978-986-124-762-5
Printed in Taiwan

國家圖書館出版品預行編目資料

OH MY DAY／戴佩妮 作.——初版.——臺北市：
商周出版：家庭傳媒城邦分公司發行，
2006〔民95〕
面； 公分.
ISBN 978-986-124-762-5（平裝）
855   95019571